LA PRISIONERA DEL PIRATA

PIRATA

Vlado Timorov

Esta historia es pura ficción, así como todos los personajes que salen en ella. No pretende asumir ningún valor ni incitar a ningún comportamiento. La única pretensión es la de entretener con algo que no es más que una fantasía.

Also by Vlado Timorov

Tabla de Contenido

El secuestro

El viento azotaba las velas del *Emperatriz* mientras las olas se rompían en la proa, salpicando de espuma el casco de madera y meciendo a sus pasajeros en un ritmo desacompasado. Lady Eleanor Ashford, una joven de la nobleza inglesa, observaba el horizonte con el porte altivo de quien había sido educada para no temer nada. Su viaje de regreso a Inglaterra debía haber sido tranquilo; sin embargo, una extraña inquietud la recorría aquella tarde. Algo oscuro se cernía sobre el mar, algo que ella aún no podía ver, pero sí presentir.

Fue entonces cuando la campana de alerta sonó. Un grito cortó el aire y Eleanor giró la cabeza, alarmada. En el horizonte, una vela negra aparecía, avanzando con rapidez. Era un navío grande, con velas desplegadas y el ominoso emblema de un fénix grabado en la tela oscura. Eleanor sintió un escalofrío recorrerle la espalda mientras miraba la bandera izada: el símbolo de El *Fénix Negro*, el pirata más temido de las aguas del Caribe, cuyo nombre susurraban con temor incluso los más experimentados marineros.

Los hombres de a bordo del *Emperatriz* comenzaron a correr de un lado a otro, preparando las defensas, aunque todos sabían que poco podrían hacer contra el famoso bucanero. En el caos, Eleanor buscó al capitán para rogarle que la escondiera, pero él estaba tan concentrado en dirigir a sus hombres que ni siquiera reparó en su presencia. Con el corazón martilleándole en el pecho, Eleanor trató de mantener la calma; después de todo, había sido entrenada para enfrentar situaciones difíciles con entereza.

El *Fénix Negro* abordó el *Emperatriz* con una velocidad y una eficacia aterradoras. Sus hombres, enmascarados y armados, subieron a cubierta y rápidamente tomaron el control del barco, desarmando a la tripulación y sometiéndolos a golpes y amenazas.

Eleanor, sin embargo, no se acobardó. Miró a su alrededor, buscando un arma, una manera de resistir, pero antes de que pudiera moverse, uno de los piratas se adelantó y la sujetó con fuerza por el brazo.

—¡Suélteme! —exigió con una furia helada que sorprendió incluso a su captor.

El hombre la miró con una mueca burlona, apretando su agarre. Eleanor le devolvió la mirada con sus desafiantes y muy llamativos ojos grises que centellearon de odio hasta que la chica sintió una presencia poderosa detrás de ella. Al volverse, vio a Richard Blackwood por primera vez.

Era alto y de aspecto imponente, con unos poderosos brazos muy musculados, de muy bello rostro, con el cabello ondeando al viento y con unos ojos que la recorrieron de arriba abajo nada más verla. Vestía un abrigo negro y una camisa blanca de lino que se amoldaba a su torso atlético y a unos pectorales muy marcados y definidos. Era el retrato mismo de un pirata y su porte parecía demostrar una curtida experiencia en las aguas más peligrosas del océano.

—¿Quién es usted para tratar así a una dama? —le espetó Eleanor con la barbilla en alto, intentando no demostrar el temor que se agolpaba en su pecho.

Richard arqueó una ceja, claramente divertido por su reacción. No respondió de inmediato, sino que la observó de pies a cabeza, evaluándola de nuevo. Finalmente, se inclinó ligeramente hacia ella y su voz sonó grave y amenazadora.

—Soy Richard Blackwood y usted es lady Eleanor Ashford, una de las damas más conocidas y valoradas de la corte de la reina Isabel —contestó, pronunciando su nombre con deliberación—... y ahora veo por qué.

Eleanor sintió que su corazón daba un vuelco. Sabía que estaba en peligro, pero también sentía una ola de ira. Ella no era una mujer cualquiera; era una dama inglesa de la alta sociedad y nadie la intimidaría sin pagar un precio. Sin apenas dificultad, se deshizo del agarre del pirata que la retenía y se plantó frente a Richard con firmeza.

—Podrá ser un pirata, señor Blackwood, pero no tiene derecho a tratarme como a una prisionera vulgar. ¡Exijo ser devuelta a mi barco!

El *Fénix Negro* soltó una carcajada, asombrado e incrédulo ante la osadía de aquella mujer. Había secuestrado a muchas personas en su vida, pero ninguna le había hablado así. Había algo en ella que le intrigaba profundamente, una mezcla de valentía y obstinación que la hacía destacar entre todos los nobles que había conocido.

—Exigir, ¿eh? —murmuró con una sonrisa peligrosa—. Me temo que en mi barco solo yo hago las exigencias, lady Eleanor.

Antes de que Eleanor pudiera responder, Richard hizo una señal y dos de sus hombres la sujetaron de nuevo, esta vez con mayor firmeza al darse cuenta de lo fácilmente que se había soltado de su anterior captor. Ella forcejeó, pero no logró liberarse.

—Llévenla a mi camarote —ordenó Richard, sin apartar la vista de ella.

La furia de Eleanor se desbordó. Había esperado ser encerrada en una celda o confinada en algún rincón oscuro, pero el camarote del propio pirata era algo que no podía aceptar. Su mente se llenó de imágenes de lo que podría suceder allí y, con una última explosión de energía, lanzó un golpe hacia el pirata que la sujetaba. Él se apartó sorprendido y Richard soltó una carcajada ante la valentía inesperada de aquella mujer.

—Es suficiente —dijo, acercándose a ella y tomando sus muñecas—. No intentaré lastimarla, lady Eleanor. La llevaré a mi camarote porque allí estará más cómoda... y porque tengo curiosidad por conocer mejor a una dama que demuestra tener tanto carácter.

Eleanor lo fulminó con la mirada, respirando con dificultad mientras sentía el peso de su agarre en sus muñecas. Su instinto le gritaba que debía seguir luchando, pero una pequeña parte de ella, la misma que había observado su porte altivo y su sonrisa confiada, comenzaba a despertar una sensación desconcertante en su interior. Sin embargo, no dejaría que él notara su desconcierto.

—Haré lo que sea necesario para escapar de usted, señor Blackwood —murmuró entre dientes.

Él la soltó lentamente sin dejar de mirarla y asintió con una media sonrisa.

—Le deseo suerte en su intento, lady Eleanor.

Con un ademán, Richard indicó a sus hombres que la escoltaran hacia el camarote y ella se dejó llevar con el porte digno de quien se niega a dejarse vencer. A cada paso, sin embargo, sentía cómo su mente se llenaba de preguntas y temores sobre lo que vendría. ¿Por qué la había llevado él mismo? ¿Qué esperaba de ella? Y, sobre todo, ¿cómo podría escapar de ese destino sin perder su vida ni su honor?

Una vez en el camarote, Eleanor fue dejada sola y la puerta se cerró tras ella con un pesado estruendo. Se giró, observando el lugar donde ahora estaba confinada. El camarote era más espacioso de lo que había imaginado, decorado con mapas, instrumentos de navegación y una cama ancha cubriendo una esquina. Todo estaba impregnado de una esencia intensa y masculina que sin duda pertenecía al pirata.

Mientras paseaba nerviosa por el espacio, escuchó el eco de pasos acercándose. La puerta se abrió y Richard entró sin ceremonias, apoyándose contra la puerta con una sonrisa ladeada.

—Espero que encuentre el camarote de su agrado, lady Eleanor —dijo con una voz suave que apenas enmascaraba el poder que irradiaba—. Tengo algunas preguntas para usted. Espero que esté dispuesta a responder.

Eleanor lo miró desafiante, aún decidida a no doblegarse. Aunque su situación era precaria, sentía que había algo en su actitud que le daba una oportunidad. Si podía ganar tiempo o hacer que él subestimara su capacidad, tal vez podría hallar una salida.

—Pregunte lo que quiera, pero le advierto que no le diré nada útil —comentó con desdén y sin dar muestras de temor.

Richard la miró con ojos calculadores y en ese instante Eleanor entendió que aquella situación sería un juego de inteligencia y resistencia.

Prisionera en alta mar

Al día siguiente, Eleanor fue trasladada a una celda en un intento del *Fénix Negro* de que le quedara claro quién mandaba en aquel barco. Los días transcurrían lentamente en el oscuro confinamiento de la celda de Eleanor, situada en las profundidades del barco pirata. Los gritos y las risas de la tripulación resonaban sobre su cabeza, recordándole constantemente que estaba en el corazón del peligro. Aquellos hombres vivían sin ley ni límites y ella no era más que una prisionera en su mundo brutal y despiadado.

Sin embargo, Eleanor se mantenía erguida con su orgullo y dignidad intactos. Rehusaba mostrarse débil ante sus captores y, cada vez que un guardia bajaba a llevarle agua o comida, lo miraba con una mezcla de desdén y desafío. No se permitiría caer en la desesperación. No lloraría ni suplicaría.

Pasaron los días y esa fortaleza que Eleanor proyectaba comenzó a hacer eco en todo el barco. La noticia de la altiva noble cautiva corrió entre la tripulación, generando murmullos y miradas curiosas cada vez que alguien descendía para echarle un vistazo. En cualquier otra circunstancia, habrían esperado a una dama aterrada, pidiendo ayuda y rogando por su vida. Sin embargo, Eleanor se enfrentaba a ellos manteniéndose tan inquebrantable como podía y sin dejar que el miedo la dominara.

Richard Blackwood también escuchó las historias sobre la dama inglesa. Al principio, le parecieron meras exageraciones de sus hombres. Había visto ya a muchas nobles perder la compostura ante la mera mención de su nombre. Sin embargo, la descripción que sus hombres le daban de Eleanor era distinta. Decían que no se había dejado vencer, que había retado a cualquiera que intentara intimidarla y que, incluso encerrada en la oscuridad de una celda, mantenía el porte digno de una reina.

Esos eran los comentarios más elegantes. Otros lo eran de otra naturaleza y es que, al fin y al cabo, su larga melena rubia, sus hipnóticos ojos grises y, sobre todo, sus enormes pechos eran tres poderosos atributos que no le habían pasado desapercibidos a ni uno solo de los miembros de la tripulación.

Con ella rondando constantemente en su cabeza, Richard decidió descender una tarde y observar a su prisionera con sus propios ojos.

Al abrir la puerta de la celda, la luz de su antorcha arrojó sombras alargadas en las paredes, lo que provocó que Eleanor alzara la cabeza y entrecerrara los ojos para acostumbrarse a la claridad repentina. En cuanto reconoció al pirata, sus labios se fruncieron en una expresión de desprecio, aunque en su mirada había un rastro de curiosidad. Richard se quedó en silencio por un momento, observándola con detenimiento. A diferencia de otras mujeres nobles, Eleanor no intentaba esconder su desagrado ni mostrarse sumisa. En lugar de eso, mantenía una postura altiva, lo que le otorgaba un aura casi imponente, a pesar de su situación.

—Me sorprende encontrarla tan tranquila —dijo Richard finalmente, con una voz grave que resonó en el reducido espacio de la celda.

Eleanor mantuvo la barbilla en alto, mirándolo sin pestañear.

—¿Qué esperaba, señor Blackwood? ¿Lágrimas y súplicas?

Richard sonrió, divirtiéndose con la situación.

—Podría decirse que sí —respondió con honestidad—. La mayoría se quebraría en su situación.

Eleanor no contestó de inmediato, pero su silencio fue tan elocuente como cualquier palabra. No le daría el placer de verla caer. Richard inclinó ligeramente la cabeza, intrigado por la audacia de aquella mujer. Con un último vistazo, se retiró dejándola sola de nuevo, aunque la imagen de su rostro desafiante permanecería en su mente durante mucho tiempo después.

A partir de ese día, Richard empezó a visitarla con mayor frecuencia. Su curiosidad se transformó en un interés silencioso; quería entender de dónde provenía esa fortaleza que ella parecía poseer en cada fibra de su ser. En sus breves encuentros, intercambiaban palabras con un filo cuidadosamente controlado.

Eleanor lo recibía cada vez con una mezcla de resignación y desafío, aunque, en el fondo, empezaba a reconocer que había algo más en él, algo que escapaba de la imagen cruel y despiadada que había construido en su mente.

Richard, por su parte, no dejaba de sorprenderse ante cada conversación. Eleanor era distinta a cualquier mujer que hubiera conocido. No solo era inteligente, sino también sarcástica y rápida para replicar cada comentario con una agudeza que lo dejaba, en ocasiones, sin palabras. En su vida de pirata, había tenido pocos momentos en los que podía intercambiar ideas de igual a igual con alguien y todavía menos con alguien que, con aquel tono de dureza, lo descolocaba a la par que lo encendía.

Una tarde, mientras observaba las aguas del Atlántico desde la cubierta, Richard notó que sus pensamientos volvían a Eleanor con una persistencia inquietante. Intentaba convencerse de que su fascinación era simplemente fruto de la novedad, pero algo en ella lo desarmaba. Había algo en esa mirada desafiante que despertaba en él una curiosidad nueva y peligrosa.

Esa misma noche, bajó nuevamente a la celda y, al abrir la puerta, Eleanor ya lo esperaba. Estaba sentada en el rincón con la espalda apoyada en la pared de madera. Lo miró con el mismo aire de desafío de siempre. Sin embargo, esta vez Richard notó un leve temblor en sus manos, una señal de que su resistencia comenzaba a flaquear. Aun así, ella no bajó la vista.

—¿Tiene intención de quedarse a mirarme en silencio toda la noche, señor Blackwood? —preguntó Eleanor con ironía, cruzando los brazos.

El pirata sonrió.

—Quería ver cómo estaba —respondió, sorprendiéndose a sí mismo con la sinceridad de sus palabras.

Eleanor frunció el ceño, confundida por aquel tono inesperado. No había sentido compasión ni empatía de parte de él antes; Richard siempre había sido un hombre implacable, al menos en los relatos que había escuchado. Pero había algo en la expresión de sus ojos esa noche que la hizo sentir... no del todo segura.

—Estoy tan bien como puede estar alguien que ha sido arrancada de su hogar y arrojada en una celda oscura —respondió Eleanor, manteniendo el sarcasmo en su voz.

Richard inclinó la cabeza, aceptando el reproche con una leve sonrisa.

—Es cierto. Podría decirse que es una situación poco envidiable. Sin embargo, hay algo que no entiendo... —hizo una pausa, evaluándola detenidamente—. La mayoría de las damas en su lugar habrían perdido toda esperanza a estas alturas.

Eleanor se mordió el labio, sintiendo un inesperado calor en su pecho ante la atención que él le brindaba. No quería caer en la trampa de ver algo humano en él, pero no podía evitar sentir que sus palabras eran una suerte de elogio. Aun así, mantuvo su postura.

—¿Y eso le fascina? —replicó con frialdad—. Tal vez solo demuestra que no conoce a todas las mujeres de su mundo tan bien como cree.

Richard rio suavemente, disfrutando de su mordaz comentario.

—Puede que tenga razón, Lady Eleanor. Quizás he subestimado la fortaleza de su clase —respondió con tono burlón.

—Quizá no sea usted más que un cobarde que no se atreve a admitir que me desea desde la primera vez que me vio y que por eso me ha encerrado en esta celda como si se tratara de un trofeo que solo usted puede mirar, pero al que no tiene valor de poseer. ¡Valiente pirata que se muere de miedo y que se echa a temblar cuando me tiene delante! Todo el mundo le tiene terror al *Fénix Negro* y resulta que cualquier muchacho joven sabe mucho mejor que él qué hacer cuando se tiene delante a una mujer.

El *Fénix Negro* ya no se pudo contener. Habían sido días y días de provocaciones constantes por parte de una mujer que le hacía arder de deseo. Aprisionándola con su cuerpo contra la pared en la que se encontraba encadenada, la besó justo antes de comprobar cómo ella no solo le correspondía, sino que, yendo mucho más lejos que él, le hundía su lengua hasta la garganta.

Se separó un instante de ella, sorprendido por su lasciva reacción.

—Suéltame ya de una vez y fóllame en condiciones —le ordenó ella.

El pirata no se lo pensó. De un fuerte tirón, desgarró la parte superior del vestido de Eleanor y sus enormes pechos quedaron completamente expuestos. Richard Blackwood los lamió y devoró sus pezones con ansiedad, dando rienda suelta a los deseos que había estado reprimiendo desde que ella había puesto los pies en su barco.

Cuando hubo quedado satisfecho, desgarró las escasas ropas que le habían quedado puestas y la dejó completamente desnuda y todavía encadenada. Lejos de amedrentarse, ella lo miró compartiendo su deseo.

—Espero que hayas hecho esto para compensarme todos los días que me has tenido aquí atada, cabrón. Ahora enséñame qué sabes hacer.

Teniéndolo más que claro, el pirata se desnudó poco a poco, con lentitud, sin despegar un solo momento sus ojos lujuriosos de ella. Cuando estuvo completamente desnudo, lady Eleanor Ashford pudo admirar su musculado cuerpo, torneado gracias a tantas y tantas batallas, luchas y peleas.

No fue, no obstante, su perfecto cuerpo lo que más le llamó la atención, sino el enorme tamaño de un pene erecto que parecía tener vida propia y querer hundirse dentro de ella sin mayor dilación.

—Como tú quieras. Ahora te vas a enterar de lo que le hago a las damas refinadas que se me ponen chulas —le dijo él antes de empotrarla contra la pared de la celda en la que la había recluido.

La tormenta

La mañana siguiente llegó con una tormenta imprevista y brutal. La calma que había envuelto el mar horas antes, las mismas que Eleanor y Richard pasaron en pleno desenfreno sexual, dio paso a un océano enfurecido. Las olas embestían al barco con furia, lanzándolo de un lado a otro. Los relámpagos destellaban en el cielo, iluminando fugazmente las caras de los marineros mientras intentaban mantener el control de la nave.

De pie junto a la puerta del camarote de él después de haber sido liberada de su prisión, Eleanor intentaba mantener el equilibrio mientras el barco se inclinaba peligrosamente a cada embestida de las olas. Su cuerpo temblaba no solo por el miedo a la tormenta, sino también por la incertidumbre que sentía. Sabía que una tormenta así podría destrozar el barco.

—Necesitamos manos en la cubierta —le soltó Richard sin pensárselo—. ¿Sabes manejarte en situaciones de emergencia?

Le sorprendió que se lo pidiera. El hecho de que ya no se llamaran de usted y que ambos hubieran abandonado su tono de cortesía después de haberse pegado horas follando era una cosa, pero otra muy distinta era que él se pensara que era una tripulante más con suficientes conocimientos como para poder actuar en una situación así.

—Puedo hacer lo que haga falta —contestó con seguridad, aunque dentro de sí no lo tenía claro.

Sin perder tiempo, Richard la tomó del brazo y la guio hasta la cubierta. La intensidad de la tormenta la golpeó como un puño al salir. El viento ululaba con fuerza y la lluvia les azotaba la cara, como si el cielo mismo se hubiera propuesto hundirlos. Los marineros corrían de un lado a otro, intentando asegurar las velas y controlar los cabos que se agitaban con el viento.

Eleanor, sintiendo el impulso de ayudar, se dirigió al lado de uno de los marineros y comenzó a sujetar una de las sogas que él intentaba fijar.

—¡Cuidado, *milady*! —le gritó el marinero con una sonrisa torva que no podía ocultar su sorpresa ante la presencia de una dama en aquel escenario infernal.

Sin embargo, Eleanor no se detuvo. Luchó con las cuerdas, ayudando a asegurar las velas mientras el barco se inclinaba peligrosamente. Sentía los músculos tensarse con el esfuerzo y cada gota de lluvia parecía helarle la piel. Richard la observaba mientras continuaba gritando órdenes y un extraño orgullo comenzó a formarse en su pecho. A pesar de su posición, aquella noble inglesa no había mostrado temor ni desdén por ensuciarse las manos.

En un momento, una ola enorme se alzó sobre el barco, lanzando una cortina de agua sobre todos. Eleanor sintió que sus pies resbalaban y por un instante creyó que iba a caer al suelo, si bien, antes de que sus piernas cedieran, Richard la sujetó por la cintura, sosteniéndola firmemente contra su cuerpo.

—¡Cuidado, Lady Eleanor! —le gritó sobre el rugido del viento.

Eleanor levantó la vista y, durante un segundo, sus ojos se encontraron. Fue solo un instante, pero el peligro que los rodeaba pareció desvanecerse, como si la tormenta quedara en un segundo plano. El roce de sus cuerpos, la proximidad de su piel bajo la lluvia y la intensidad de su mirada crearon una chispa inesperada y un nuevo momento de atracción en medio del caos.

Richard la soltó desviando la mirada hacia el mástil y ella rápidamente recuperó el equilibrio, sacudiéndose la sensación de su tacto.

La tormenta continuó durante horas interminables, pero, gracias al esfuerzo conjunto de la tripulación y de Eleanor, entre todos lograron evitar que el barco naufragara. Exhaustos, mojados y cubiertos de lodo y sal, los marineros finalmente pudieron detenerse cuando el viento comenzó a amainar y la tormenta, como si nunca hubiera sucedido, dio paso a una calma inquietante.

Richard observó la cubierta, evaluando los daños. La madera del mástil estaba astillada en algunas zonas y varias velas se habían rasgado, pero, en general, el barco había sobrevivido. Con un gesto de la mano, le indicó a Eleanor que lo acompañara a su camarote.

Al llegar, Richard cerró la puerta tras ellos y se volvió hacia ella, estudiándola en silencio. Eleanor sintió cómo el cansancio se apoderaba de sus músculos, pero también percibía la intensidad de su mirada, una mezcla de admiración y algo más profundo, algo que no podía identificar del todo.

—Me has sorprendido mucho, Eleanor —le confesó Richard—. Nunca hubiera esperado semejante coraje de una dama de la nobleza.

Eleanor, agotada y vulnerable, intentó esbozar una sonrisa irónica.

—¿Aún te sigo pareciendo una simple dama de la nobleza, señor Blackwood? —respondió en un tono sarcástico, aunque con un deje de cansancio en su voz.

Richard soltó una risa suave, y sin decir nada más, se acercó a ella y la besó. Fue un beso suave, en absoluto parecido al lujurioso con el que ambos habían comenzado el sexo de la noche anterior.

El pirata la envolvió en sus brazos, profundizando el beso, y Eleanor se dejó llevar. Por un instante, se olvidó de que estaba en el barco de un pirata, de que era una prisionera y de que aquel hombre era su captor. En aquel momento, solo existían ellos dos y el mar que rugía más allá de las paredes del camarote.

Se quedaron abrazados, exhaustos por el cansancio e incapaces de hacer nada más en aquellos momentos por puro agotamiento

—Esto... esto no cambia nada, Richard —dijo Eleanor, tratando de recuperar la compostura—. Sigo siendo tu prisionera.

Richard asintió, aunque una chispa de algo desconocido brillaba en sus ojos.

—Lo sé —respondió él suavemente—. En apenas unas horas hemos compartido muchas cosas, pero eso, lady Eleanor, tampoco cambia nada para mí.

Eleanor lo miró con confusión, separándose de él con violencia. Sus palabras la desarmaron por completo.

—¿Qué quieres decir? —se le enfrentó.

—Lo que has oído y lo que tú misma has dicho, que sigues siendo mi prisionera.

En ningún momento fue capaz Richard Blackwood de planear lo que iba a suceder, en especial cuando notó, sin poder reaccionar, la gran fuerza con la que ella lo abofeteó, abandonó su camarote y regresó a la celda en la que había estado recluida todos los días anteriores.

Estupefacto, él la siguió mientras varios de sus hombres lo miraban, igual de desconcertados y, a la vez, divertidos por la escena que estaba teniendo lugar delante de ellos.

—Como vuelvas a abofetearme, te juro por Dios... —comenzó a advertirle él.

Sin dejarlo terminar, Eleanor le escupió a la cara.

—Ya veremos quién es el prisionero de quién —le espetó ella—. Mientras esté en este barco te voy a dejar tan seco que vas a acabar suplicando que te deje en paz.

Completamente desarmado el pirata por aquella contestación que no se esperaba, ella echó mano de su pantalón y, en un movimiento rápido, liberó su pene, de nuevo rígido a causa del torbellino de sensaciones que le provocaba aquella mujer.

Acariciándolo con fuerza y sabiendo que tenía al pirata completamente a su disposición, le mandó que se tumbara en el suelo y le tapó la boca cuando él quiso replicar.

—¡Chist! No hables y folla a tu prisionera como lo hiciste anoche.

Dejándose llevar por la situación, el pirata hizo lo que ella le decía. Su gigantesca polla quedó apuntado al techo, preparada para recibir el cuerpo de ella. Lady Eleanor se sentó encima y, estremeciéndose de placer al notar cómo aquel enorme miembro recorría su interior, se folló al bucanero con fuerza hasta que ambos se corrieron y acabaron rendidos.

El pacto

—R ichard —comenzó a decir ella cuando ambos despertaron tras haberse quedado profundamente dormidos después las dos sesiones maratonianas de sexo y del esfuerzo que les había supuesto la lucha contra la tempestad—. Tengo una propuesta.

Él se quedó mirándola, intrigado por lo que fuera a decir aquella imprevisible mujer.

—¿Una propuesta? —repitió—. Adelante, lady Eleanor. Estoy ansioso por escuchar qué trato pretende ofrecerme.

Eleanor tomó aire, tratando de no mostrar inseguridad. Sabía que necesitaba pensar con cuidado cada palabra, porque este pacto podía ser su única oportunidad de salvación.

—Si me das tu palabra de que me dejarás en tierra sana y salva cuando esta travesía termine, prometo no intentar escapar mientras esté en el barco y no complicarte la vida —dijo con firmeza, mirando directamente a los ojos de Richard para que entendiera la seriedad de su oferta.

La expresión de Richard cambió por completo. Aquella mujer con la que había tenido el sexo más salvaje de su vida le estaba pidiendo que la dejara libre.

—¿Crees que las cosas funcionan así, Eleanor? —preguntó con voz grave, ladeando la cabeza—. ¿Me dejas seco, como tú misma has dicho, y ahora me pides que te deje libre? ¿Acaso piensas que eres la que manda aquí y que todos vamos a hacer lo que tú quieras?

Eleanor no se dejó intimidar. Enderezó los hombros y lo miró con la misma intensidad.

—Creo que ambos sabemos que, de todas maneras, estoy atrapada aquí —replicó con calma—. También creo que no te lo estás pasando mal conmigo y que todo esto no te lo esperabas... ni yo tampoco, lo admito. Sin embargo, has recalcado varias veces que soy tu prisionera y, por eso, quiero tener la certeza de que, cuando esta travesía termine, no me dejarás en algún puerto abandonado o, peor aún, me tirarás al mar como una carga más. Si realmente tienes alguna pizca de honor, entonces aceptarás este trato.

Richard soltó una carcajada ante sus argumentos.

—¿Honor? —preguntó, entre divertido e incrédulo—. ¿Crees que un pirata tiene honor?

—No sé si lo tienes —admitió ella, sin titubear—. Pero me has demostrado ser diferente de lo que pensé al principio y no me refiero solo a la forma de follar. Creo, sinceramente, que eres un hombre que respeta los pactos que hace.

Las palabras de Eleanor lo tomaron por sorpresa y, por un instante, Richard pareció sopesar su oferta con seriedad. Finalmente asintió, mostrando una media sonrisa que no desvanecía la burla en su expresión, pero que también dejaba entrever una chispa de respeto.

—Muy bien, lady Eleanor —concedió—. Te doy mi palabra de que te dejaré en tierra, sana y salva, cuando este viaje termine. Pero quiero que recuerdes que, mientras estés aquí, todo lo que ocurra seguirá estando bajo mi control. ¿Estamos de acuerdo?

Eleanor asintió.

—De acuerdo, pero no me subestimes, Richard. Recuerda que, aunque seas el capitán, no soy una simple prisionera... y bueno, será mejor que vayas teniendo claro que algunas cosas van a seguir estando bajo mi control —matizó ella dedicándole una pícara sonrisa

Richard se quedó en silencio, observándola con una expresión pensativa y sabiendo que, sin poder evitarlo, se había enamorado por completo de ella.

DE ESTA FORMA LLEGÓ la tarde y, mientras la tarde avanzaba, Eleanor y Richard comenzaron a hablar, primero de manera casual y luego sobre temas más profundos. Ella, ansiosa por entender las razones que lo habían llevado a una vida de piratería en un mundo en el que, por otra parte, aquello era más que habitual como uno de los recursos habituales que tenía la monarquía inglesa para contrarrestar la hegemonía española, decidió sondearlo con sutileza.

—¿Alguna vez imaginaste otra vida? —le preguntó.

Richard no respondió de inmediato. Miró hacia el horizonte, donde el sol comenzaba a hundirse en el mar, pintando el cielo de un rojo intenso.

—Hubo un tiempo en el que soñaba con otras cosas —dijo finalmente—. Pero la vida tiene una forma curiosa de mostrarte caminos que nunca planeaste recorrer.

Eleanor sintió una punzada de curiosidad.

—¿Qué caminos fueron esos?

El pirata se encogió de hombros, como si el peso de sus recuerdos le resultara más doloroso de lo que quería admitir.

—Antes de convertirme en lo que soy, tenía una familia —confesó, con la voz más baja y seria de lo habitual—. Gente a la que quería proteger. Pero en ese entonces, ni la ley ni el dinero estaban de mi lado y una tragedia me arrebató todo lo que me importaba. Tomé este camino porque, para mí, ya no quedaba otro.

Eleanor sintió un nudo en la garganta. Hasta ahora, solo había visto a Richard como un pirata despiadado, alguien que vivía en los márgenes de la ley sin remordimientos. Después había descubierto en él a un fantástico amante, capaz de conducirla a sensaciones que, aunque había tenido sexo con otros pretendientes, no había experimentado con nadie más. Ahora, sin embargo, comenzaba a ver al hombre detrás de esa fachada, alguien marcado por el dolor y la pérdida.

—Lamento mucho oír eso —expresó, con sinceridad—. A veces la vida es cruel en formas que nadie puede entender.

Richard la miró, sorprendido por su compasión. Aunque no lo admitiera, las palabras de ella le hicieron bien. En un mundo donde todos lo veían solo como el *Fénix Negro*, aquel pirata sin ley, Eleanor era la primera en mucho tiempo que parecía ver algo más allá.

—¿Y tú, Eleanor? —preguntó él—. ¿Eres feliz con la vida que dejaste atrás?

Eleanor vaciló, considerando su respuesta. Por primera vez, sintió la necesidad de ser honesta con él.

—Mi vida siempre ha estado dictada por las expectativas de los demás —admitió—. Como noble, nunca tuve muchas opciones. Siempre me enseñaron que debía comportarme de cierta manera, casarme con alguien que mejorara la posición de mi familia y cumplir un papel que nunca elegí. He sido más prisionera en mi vida de lo que lo soy aquí.

La confesión pareció resonar en Richard y un atisbo de comprensión apareció en sus ojos.

—Quizás tú y yo no somos tan diferentes después de todo —dijo él, en voz baja.

Ambos se besaron. Sin más, sin lujuria, sin comentarios obscenos. Simplemente se dieron un largo y prolongado beso.

Más confesiones

La noche en alta mar era extrañamente tranquila. Después de tantos días de cielos grises y tormentas repentinas, el aire cálido y el cielo despejado parecían un respiro que todos en el barco agradecían. Las estrellas brillaban intensamente sobre el océano, reflejándose en la superficie como si fuera un manto de luces infinitas. Eleanor, incapaz de dormir, se aventuró en silencio fuera de su camarote. Desde que había acordado el pacto con Richard y, sobre todo, desde que siguieran teniendo tórridos encuentros sexuales hasta altas horas de las madrugadas, él no la había vuelto a encerrar y ahora podía moverse con relativa libertad dentro del barco.

Mientras caminaba por la cubierta, respirando el aire salado y sintiendo la brisa en su piel, se sorprendió al ver una figura solitaria junto a la baranda. Richard estaba allí, apoyado con los brazos cruzados, mirando el horizonte nocturno como si el mar mismo le estuviera revelando sus secretos.

Eleanor se acercó. Richard la escuchó acercarse y, sin darse vuelta, le habló en voz baja.

—No podía dormir, supongo.

Eleanor se detuvo a su lado, mirándolo de reojo.

—La calma después de tantas tormentas... —murmuró ella—. Es extraño. Es como si el mar estuviera guardando algún secreto.

Richard soltó una risa suave y, por primera vez, Eleanor notó algo diferente en su expresión. Una tristeza profunda, una carga que parecía pesarle en los hombros.

—¿Crees que el mar guarda secretos? —preguntó él, más para sí mismo que para ella—. Quizás tengas razón, Eleanor. Es posible que haya secretos que solo el océano conoce... y que nadie más comprendería.

El tono de su voz era distinto, mucho más suave, incluso vulnerable. Eleanor lo miró con curiosidad. Aquel hombre que siempre se mostraba tan seguro, tan decidido, parecía llevar en sus ojos un peso de dolor y remordimiento que hasta ahora había ocultado. Después de sus conversaciones previas, ella intuía que él no siempre había sido un pirata, pero nunca se había atrevido a preguntar más allá de lo que él ofrecía.

—Cuéntamelo, Richard —le pidió ella en un susurro, sin apartar la mirada de su perfil sombrío—. Quiero entender por qué elegiste esta vida.

Él intentó esquivar el tema recurriendo a lo de todas las noches.

—¿No prefieres que hagamos otra cosa? —sugirió.

Ella se negó.

—No. Te avisé de que el verdadero prisionero serías tú y no te pienso dejar tocar estas —bromeó, señalándose sus abultados pechos— hasta que no me lo cuentes.

Richard soltó un suspiro, resignado, y luego miró hacia el cielo, como si las estrellas fueran las únicas que pudieran comprender lo que estaba a punto de decir.

—¿Elegir? —repitió con amargura—. Elegí esta vida, sí... pero no de la manera en que podrías pensar. Ya te dije que, antes de ser el hombre que ves ahora, yo también tenía una familia, un hogar, sueños... No tan distintos a los que seguramente has tenido tú.

Eleanor se mantuvo en silencio, dejándole espacio para continuar. Sabía que lo que él le estaba confiando iba mucho más allá de una simple confesión. Estaba mostrando un lado de sí mismo que quizá nunca había revelado a nadie.

—Mi padre era un comerciante honrado y trabajaba día y noche para darnos una vida digna —continuó el pirata, con la voz cargada de tristeza y melancolía—. Sin embargo, un día, un hombre poderoso y cruel decidió que debía poseer lo que no le pertenecía. Un miembro de la nobleza, alguien con conexiones, alguien que podía destruir vidas sin pestañear.

Eleanor sintió un nudo en la garganta al escuchar la amargura en su voz. La vida que él describía, llena de injusticias y abusos de poder, era un lado del mundo que ella apenas conocía. En su mundo, los títulos y el estatus protegían a la gente, les daban un sentido de orden, pero, para Richard, la nobleza había sido la fuente de su sufrimiento.

—Lo arruinó todo —prosiguió él—. Arruinó a mi familia, se llevó a mi padre... y al final, también a mi madre y a mi hermana. Me dejó solo, con una ira que no podía contener, una necesidad de justicia... y de venganza.

Eleanor se llevó una mano al pecho, conmovida por el relato de Richard. Las palabras de él le mostraban una historia de dolor que nunca había imaginado, una vida que había sido desgarrada por las decisiones de alguien poderoso y despiadado.

—¿Y te convertiste en pirata para vengarte? —preguntó en voz baja, tratando de entender cómo había llegado a ser el *Fénix Negro*, el pirata temido en todos los mares.

Richard asintió. Su mirada seguía perdida en el horizonte.

—Pensé que vivir fuera de la ley me daría el poder que me había sido arrebatado. Pensé que, robando a aquellos que alguna vez nos pisotearon, lograría sentirme completo de nuevo. Pero al final, la venganza nunca llena ese vacío, Eleanor... Solo lo hace más profundo.

Eleanor no pudo evitar extender una mano hacia él, rozando su brazo en un intento de consuelo. La vulnerabilidad de Richard, aquella honestidad que ahora le mostraba, hacía que algo dentro de ella se ablandara. El pirata temido, el hombre que la había capturado, era también alguien marcado por las pérdidas y el sufrimiento.

—Lo siento, Richard —dijo en voz baja—. Siento que hayas tenido que cargar con tanto dolor.

Richard la miró. A la luz de la luna estaba preciosa. En aquellos momentos, Eleanor no era solo un cuerpo que deseaba con locura, sino la criatura más bonita que había visto en su vida.

—No quiero tu compasión, Eleanor —murmuró, aunque sus palabras no tenían dureza—. Quiero... algo mucho más profundo.

Sin decir nada más, Richard la rodeó con sus brazos y la atrajo hacia él, besándola con una pasión contenida que Eleanor no pudo resistir. Sus labios se encontraron bajo el cielo estrellado y todo el dolor y la soledad que ambos habían sentido parecieron desaparecer en aquel momento. Eleanor se dejó llevar por el beso. Sus manos subieron a su cuello, enredándose en el cabello de Richard mientras sus cuerpos se apretaban el uno contra el otro.

Cuando finalmente se separaron, ambos estaban sin aliento. Eleanor lo miró, con los ojos llenos de una mezcla de emociones que no podía entender del todo. No era solo atracción física;

sentía algo más profundo, algo que la asustaba y la fascinaba a partes iguales.

—Eres un misterio, Richard Blackwood —susurró, sin soltarlo aún.

Richard le acarició la mejilla con suavidad, una ternura que ella nunca habría esperado de un hombre como él y menos de parte de quien la había follado con semejante intensidad.

—Y tú eres el rompecabezas que jamás quise resolver —respondió él, con una sonrisa melancólica—. Pero aquí estamos.

Esa noche no hubo sexo salvaje y desenfrenado. Esa noche simplemente hicieron el amor.

Renuncia al rescate

El sol asomaba en el horizonte, bañando el océano con tonos dorados y cálidos, cuando un grito de alerta interrumpió la tranquilidad de la mañana. Desde la cubierta del barco pirata, Eleanor observó cómo uno de los vigías apuntaba hacia una figura que emergía a lo lejos, rompiendo la suave línea del horizonte. Era un barco, uno considerablemente más grande y con banderas que ella reconoció de inmediato: la Union Jack ondeaba sobre la nave inglesa. Su corazón comenzó a latir con fuerza. La posibilidad de un rescate era una promesa de esperanza y, a la vez, una fuente de ansiedad.

Richard se aproximó. Su expresión se endureció al identificar el barco que se acercaba. Eleanor sintió una mezcla de emociones encontradas. Por un lado, la posibilidad de volver a la seguridad de su mundo, de escapar de esta vida incierta y de volver a ser quien era; por el otro, lo que dejaría atrás, el lazo que había comenzado a formarse entre ella y Richard, con quien había disfrutado del mejor sexo que había tenido en toda su vida y a quien además había empezado a conocer de un modo que nunca habría imaginado que sucedería.

—Será mejor que vuelvas a tu camarote —ordenó Richard, sin apartar la vista del horizonte.

—¿Pretendes huir? —preguntó Eleanor, incapaz de ocultar el tono de desafío en su voz.

Él se giró hacia ella, con una mirada en la que se podía ver, ante todo, una profunda preocupación.

—No suelo huir de un combate, Eleanor, pero, si ese barco es parte de la Armada inglesa, estamos en desventaja. Debo proteger a mi tripulación... y a ti.

Antes de que pudiera replicar, Richard tomó su mano y la condujo hacia el camarote. Eleanor lo miró con los ojos entrecerrados, llena de frustración y confusión. Parte de ella deseaba un rescate, la libertad de aquella vida incierta en alta mar, pero otra parte temía que aquel rescate significara perder a Richard para siempre.

El pirata salió a la cubierta, dejando a Eleanor en su camarote, desde donde escuchaba el bullicio y el caos que comenzaba a desatarse a medida que el barco inglés se acercaba. A través de una pequeña ventana, ella observaba la actividad frenética de los piratas que corrían de un lado a otro, preparaban los cañones y ajustaban las velas. Richard, siempre imponente, daba órdenes claras y firmes, moviéndose con la destreza de un hombre que sabía perfectamente lo que hacía.

Fue entonces cuando, en medio del caos, la chica notó un murmullo que comenzó a crecer entre la tripulación. Las miradas furtivas y las conversaciones en voz baja entre algunos de los hombres le revelaron a Eleanor algo que ella no había visto antes. Se dio cuenta de que no todos los hombres en el barco compartían la lealtad hacia Richard que ella había creído evidente y le pareció que algunos veían en aquel enfrentamiento con el barco inglés una oportunidad para algo más.

La sensación enseguida se convirtió en una realidad. Así, un grupo de piratas, liderados por un hombre corpulento de nombre Rolf, comenzó a avanzar hacia Richard, mirándolo con desprecio. Eleanor sintió cómo su pulso se aceleraba cuando vio el cambio en las expresiones de los hombres; lo que había comenzado como un murmullo de insubordinación se estaba convirtiendo en un motín a plena luz del día.

—¡Hace tiempo que esta tripulación necesita un capitán de verdad, uno que no pierda el tiempo en tonterías! —gritó Rolf, apuntando hacia Richard con una mueca de desprecio—. ¡Un verdadero pirata no se distrae con prisioneras nobles ni intenta escapar de la armada!

Los otros hombres corearon su desafío y Eleanor sintió un escalofrío al ver la cómo la situación parecía salirse de control. Era evidente que Rolf no era el único que pensaba así; algunos hombres a su alrededor asentían, mostrando su apoyo abiertamente. La lealtad que Richard inspiraba en la tripulación no era tan sólida como ella había creído.

El *Fénix Negro* no retrocedió. La intensidad de su mirada era feroz ante aquella traición y ante la certeza de que su control sobre el barco pendía de un hilo.

—¿Así es como pretendes hacerte con el mando, Rolf? —resonó su voz con una frialdad que cortaba el aire—. Si quieres mi puesto, tendrás que pelear por él.

Eleanor observaba, incapaz de quedarse quieta. Sabía que, si el motín triunfaba, su destino sería aún más incierto que antes. Se escabulló fuera de su camarote y, en medio del tumulto, alcanzó a escuchar la confrontación. En el momento en que los hombres se abalanzaron hacia Richard, ella corrió hacia la cubierta, ignorando el peligro.

El motín se desató de manera violenta. Piratas leales a Richard se enfrentaron con los que apoyaban a Rolf y la cubierta se convirtió en un campo de batalla improvisado. Eleanor esquivaba a los hombres que peleaban alrededor de ella, intentando a su vez no perder de vista a Richard, quien combatía con una destreza formidable. Sin embargo, en medio de la confusión, la desventaja del *Fénix Negro* se hacía evidente y, aunque lograba repeler a sus atacantes, el desgaste físico comenzaba a pasarle factura.

Justo cuando Rolf se lanzó hacia él con un cuchillo en alto, Eleanor, guiada por un instinto de protección que ni ella misma sabía que tenía, se interpuso entre ambos, levantando un trozo de madera para defenderlo. La sorpresa que se reflejó en el rostro de Rolf le dio a Richard el segundo que necesitaba para arrebatarle el cuchillo y derribarlo, dejándolo inconsciente, sin poder evitar, eso sí, que recibiera un corte profundo en el brazo.

La sangre comenzó a manar y su rostro palideció, aunque él mantuvo la compostura. Eleanor, con el corazón en un puño, se acercó a él, olvidándose por completo de cualquier deseo de escapar que hubiera tenido en el pasado.

—Estás herido —susurró, mientras él se tambaleaba ligeramente.

Richard negó con la cabeza, aunque el dolor que sentía era evidente en sus facciones.

—No es nada —contestó entre dientes, aunque respirando de manera que denotaba que estaba mintiendo—. Eleanor... ¿en qué estabas pensando?

—No podía dejar que te mataran —replicó ella, segura de sí misma y de lo que decía.

—Eres una mujer valiente, Eleanor —murmuró Richard, antes de tambalearse ligeramente.

Con cuidado, Eleanor le tomó el brazo y lo ayudó a caminar hacia su camarote, mientras los miembros leales de la tripulación se encargaban de restaurar el orden en el barco. Allí, en la intimidad de su camarote, ella le pidió que se sentara y comenzó a buscar vendas y agua para limpiar la herida.

Mientras lo atendía, Richard la observaba en silencio, sin poder despegar su mirada de ella. Eleanor trabajaba con delicadeza, tratando de controlar las emociones que bullían en su interior.

—No sabía si ibas a aprovechar la oportunidad de escapar —confesó él en voz baja, mientras ella le limpiaba el corte—. Podrías haberlo hecho si hubieras querido.

Eleanor se detuvo un momento. Sí, lo sabía. Si hubiera gritado, si hubiera aprovechado el caos del motín, quizá habría logrado llamar la atención del barco inglés y hubiera podido ser rescatada.

—¿Y perderme tu pollón? No, creo que no me compensa la liberación —bromeó ella, provocando que él se echara a reír en una situación como aquella.

—No puedo prometerte nada, Eleanor —murmuró él, con una voz cargada de sinceridad—. Mi vida es peligrosa y, si decides quedarte, estarás expuesta a un mundo que nunca imaginaste.

Eleanor, sin apartar la mirada de él, entendió lo que aquellas palabras implicaban. Sabía que aquel hombre y la vida que llevaba eran como el océano mismo, algo peligroso e impredecible, pero también lleno de una libertad y de una pasión que jamás había conocido.

—Con tal de que rindas bien cuando me apetezca follarte, lo demás no me importa, marinero —le contestó ella en tono burlón cuando hubo terminado de ajustarle la venda.

—¡Qué imbécil eres, de verdad! —le replicó él, dándole una sonora palmada en aquel culo que tanto le gustaba.

Riéndose por la reacción de Richard y sintiéndose contenta de haberlo hecho reír pese a haber sido herido, se dirigió a la puerta para avisar a uno de los tripulantes leales a Richard de que había terminado de vendarlo. En cuanto abrió, encontró a algunos hombres congregados alrededor, mirándola con lo que parecía ser una mezcla de respeto y recelo. Ella se enderezó y alzó la voz, tratando de imponer autoridad.

—¡Escuchad todos! Richard necesita descanso y, mientras se recupera, yo asumiré el mando temporalmente —declaró Eleanor, sorprendida de la firmeza en su tono.

Los hombres intercambiaron miradas, y uno de ellos, un marinero llamado Jack, de voz áspera y ojos oscuros, asintió.

—Respetamos al capitán, señorita, y, si él le da su confianza, nosotros también —sentenció con rotundidad.

Ella inclinó la cabeza en señal de reconocimiento, consciente de que mantener el control sería un desafío, pero también de que aquella era su oportunidad de demostrar su lealtad, tanto hacia Richard como hacia los hombres que lo seguían. Sabía que su postura podía parecer arriesgada, incluso imprudente, pero había tomado su decisión.

Pasaron los días y Eleanor se ocupó de organizar las tareas, asegurándose de que la tripulación siguiera funcionando con eficacia. Aunque no tenía experiencia como líder en alta mar, su educación como dama de sociedad le había enseñado a dirigir sirvientes y gestionar eventos, habilidades que ahora aplicaba en un entorno completamente distinto. Cada orden que daba, cada interacción que tenía con los marineros le ayudaba a ganarse su respeto.

Richard, mientras tanto, descansaba en su camarote, debilitado por la herida, pero siempre con la mirada alerta, siguiendo cada uno de sus movimientos. Eleanor acudía a él a menudo para revisarle las vendas y para asegurarse de que la herida cicatrizaba bien y de que recibía los cuidados necesarios, incluyendo profundas mamadas que acababan con los dos follando como animales.

—¡Eres increíble! —le dijo Richard en una de esas visitas, con la voz baja y rasposa por el esfuerzo de hablar—. Nunca imaginé que una dama inglesa pudiera manejarse así en un barco pirata.

—¿Te refieres a dejar sin fuerzas al capitán? —bromeó ella.

—¡No solo a eso, idiota! —replicó él divertido.

Eleanor se echó a reír, tomando una de las vendas y mojándola con agua limpia antes de pasársela por el rostro para refrescarlo.

—La vida en la corte no es tan diferente, al menos en lo que respecta a las intrigas y las luchas por el poder —añadió, encogiéndose de hombros—. Tal vez más sutiles, pero igual de peligrosas.

Richard sonrió, aunque a continuación la miró con seriedad.

—No estamos en igualdad de condiciones, Eleanor —empezó a decir—. Yo te he contado cosas sobre mí, pero en cambio tú... Yo no sé nada sobre ti.

Ella se quedó pensativa.

—Es curioso cómo la vida nos lleva por caminos que jamás imaginamos —murmuró—. Yo creía saber quién era, hasta que me vi aquí, en el océano, atrapada por un hombre que debería odiar.

Richard la observaba con ojos oscuros y atentos. Su mirada reflejaba una mezcla de emociones que Eleanor apenas podía descifrar.

—¿Lo haces? ¿Me odias, Eleanor?

Eleanor respiró hondo y la tensión de sus hombros se aflojó lentamente.

—Intenté hacerlo, al principio —admitió, sintiendo que cada palabra liberaba un peso—, pero enseguida me di cuenta de que no podía... y ahora no me refiero únicamente al sexo. No sé, Richard, hay veces que todo esto me desconcierta, pero, al mismo tiempo, sé que estoy viviendo la mejor experiencia de mi existencia.

No hubo más palabras. No hicieron falta después de que se abrazaran y todo lo demás se volviera innecesario.

Confesiones, promesas y sexo

La brisa del amanecer soplaba suave en la cubierta, acariciando la piel de Eleanor mientras observaba la línea infinita del horizonte. Habían sido semanas intensas en aquel barco y, aunque el paso del tiempo era incierto, sentía cómo su vida había cambiado irremediablemente. Todo cuanto conocía, todo cuanto era, parecía haberse transformado desde que conoció a Richard. Cada amanecer y cada puesta de sol, cada roce, cada palabra intercambiada y cada sesión del sexo con el que nunca hubiera sido capaz de soñar la habían acercado más a un hombre que, en otras circunstancias, debería haber sido su enemigo.

A sus espaldas, escuchó los pasos de Richard, quien se acercó en silencio y se detuvo a su lado. Sus miradas se encontraron y, aunque ninguno de los dos dijo nada en un principio, sus ojos expresaban lo que sus palabras no se atrevían a confesar.

Finalmente, Richard fue el primero en hablar y lo hizo con una voz grave que pretendía ser serena.

—He evitado esta conversación durante mucho tiempo —murmuró, mirando hacia el horizonte—. Desde el momento en que te vi y decidí que serías mi prisionera, pensé que podía controlar lo que sucediera después. En aquel momento, no eras para mí más que una dama rubia de enormes tetas a la que quería follarme varias veces antes de decidir qué hacer con ella. Es la verdad, Eleanor. Lo que pasó después, es decir, enamorarme de ti es algo que no he podido controlar ni evitar. Sin embargo, no soy el hombre que debería ser para ti y los dos lo sabemos. Soy un pirata, un hombre perseguido, alguien que nunca tendrá lugar en el mundo al que perteneces.

Eleanor lo miró y le tapó los labios con una de sus manos.

—Richard —dijo en voz baja, casi con un susurro—, también yo me he aferrado a la idea de que, en algún momento, esto terminaría. Que volvería a Inglaterra y que este... este sentimiento desaparecería. Pero no es tan simple. No puedo fingir que eres solo un captor, ni que soy solo tu prisionera. Lo que siento va más allá de eso. Contigo... siento que soy libre, más libre que nunca. Y sé que tu vida está llena de peligros y sombras, pero prefiero enfrentar esos peligros contigo a volver a una vida donde seré solo una sombra de mí misma.

Richard la miró como si estuviera escuchando sus palabras por primera vez, con una expresión que oscilaba entre el asombro y la admiración. Con cautela, levantó una mano y la posó en el rostro de Eleanor, acariciando su mejilla con ternura.

—Eleanor, sabes que mi vida es una constante incertidumbre. Si decides quedarte conmigo, te arrastraré a un mundo que es implacable. Ya no habrá bailes ni vestidos elegantes; habrá tormentas, enemigos... y un destino incierto. Pero si es lo que deseas, si de verdad quieres eso... entonces te prometo que no te dejaré jamás.

El silencio que siguió a sus palabras fue casi reverente. Eleanor tomó su mano y la sostuvo con fuerza, como si con aquel simple gesto reafirmara su decisión.

—Eso es lo que deseo, Richard —contestó, sin vacilar—. No quiero una vida llena de riquezas y seguridad. Quiero una vida en la que cada día valga la pena y sé que eso solo lo puedo tener contigo.

Sus miradas se encontraron de nuevo y Richard la atrajo hacia él en un abrazo que no necesitaba palabras.

Con un susurro, Richard acercó su rostro al de ella, rozándola con sus labios mientras hablaba.

—Eres valiente, Eleanor. Más de lo que podría haber imaginado. Te he visto enfrentar tormentas, enfrentarte a mí y a todo lo que creías imposible. Pero quiero que entiendas una cosa y es que mi mundo no es un lugar donde el amor se permita tan fácilmente. Acuérdate de Rolf y de cómo me acusó de distraerme contigo.

—Rolf es un asqueroso que se moría por follarme y al que le reventaba que tú lo hicieras —sentenció ella con su habitual franqueza—. Así ha sido desde que me hiciste tu prisionera. Si no llegas a protegerme, vete tú a saber lo que me hubiera hecho ese cerdo... si hubiera podido, claro.

Richard se echó a reír.

—Eres increíble, Eleanor —comentó, antes de besarla de nuevo.

Sin dejar de mirarla, Richard la condujo hacia su camarote, con las manos entrelazadas como si ambos temieran que al soltar ese lazo todo desapareciera. Una vez allí, en la intimidad de la pequeña habitación iluminada solo por la luz de las velas, empezaron a devorarse la boca con lujuria, la misma que nunca habían dejado de sentir cuando estaban juntos.

Eleanor deslizó sus manos por el torso de Richard, sintiendo cada cicatriz y cada marca de su perfecto cuerpo. Cada herida era una pieza de su vida y, al acariciar su piel, era como si comprendiera su alma. Todos esos pensamientos se desvanecieron con rapidez tan pronto tuvo en sus manos aquel inmenso pene que, cada vez que la penetraba, parecía que fuera a desgarrarla por dentro y a partirla en dos por la enorme fuerza con la que golpeaba todo su interior.

El romanticismo no duró nada. Aquellos dos seres parecían no haber sido concebidos para amar con suavidad y ternura. Aquellos dos seres no eran capaces de acabar de otra forma que no fuera follando durante interminables horas en las que a ninguno de los dos parecían agotársele las fuerzas. Fue lo que sucedió, lo mismo que tantas y tantas veces, lo mismo que los dos sabían que no dejarían de hacer mientras la vida se lo permitiera.

—Nunca imaginé que sería capaz de amar de esta forma —confesó Richard, sudoroso tras haberse corrido varias veces en el cuerpo de ella—. Pensé que el amor era un lujo que no podía permitirme, algo que no pertenecía a alguien como yo. Pero contigo... todo es diferente.

Eleanor levantó la mirada, mientras se limpiaba el semen que tenía por varias partes de su cuerpo.

—Y yo nunca imaginé que sería capaz de dejar todo atrás por una polla —respondió ella, con su habitual tono burlón.

Se quedaron así, en un silencio cómodo, disfrutando de la cercanía, sabiendo que el mundo a su alrededor seguía girando, pero que nada podría separarlos. El compromiso entre ambos era tácito y profundo y sabían que, aunque su vida futura estaría llena de incertidumbres, aquel vínculo los uniría a pesar de las adversidades.

El regreso de un enemigo

No duró mucho aquel paraíso de sexo y amor, puesto que, al poco rato del enésimo encuentro de Eleanor y Richard, el vigía advirtió de que, en la distancia, un par de velas blancas se recortaban contra el cielo grisáceo, avanzando con propósito hacia el navío pirata.

Nada más oírlo, ambos salieron a toda velocidad a la cubierta, observando con preocupación la nave que se acercaba. El oscuro presentimiento que se formó en el fondo de su pecho se tornó cada vez más claro hasta que Richard, que estaba de pie a su lado, confirmó sus temores.

—Es el *Loyalty* —anunció con voz grave—. Jamás confundiría ese barco con cualquier otro. Se trata del capitán Radcliffe.

El nombre de Radcliffe sonó como un augurio oscuro en el aire. Richard le había hablado brevemente de él antes, describiéndolo como un capitán de la marina inglesa tenaz y despiadado que hacía del deber su única ley. Habían tenido enfrentamientos en el pasado y la rivalidad entre ambos había crecido con cada encuentro. Eleanor tuvo claro que este no sería un enemigo cualquiera, sino alguien que no descansaría hasta ver a Richard rendido o muerto.

El *Fénix Negro*, acostumbrado a las amenazas, no mostró miedo en su expresión, aunque Eleanor pudo ver cómo tensaba la mandíbula, calculando rápidamente el próximo paso.

—¡Preparad las armas! —ordenó Richard en un tono que resonó sobre la cubierta—. No nos rendiremos tan fácilmente.

La tripulación, siempre leal y rápida para obedecer a su capitán después de haber reducido a los insurrectos y después de que Eleanor se hubiera ganado el respeto e incluso el aprecio del resto, comenzó a moverse con presteza. Al igual que había hecho en las otras ocasiones en las que un peligro se había cernido sobre la tripulación, ella no se lo pensó.

—Voy a ayudarte —dijo, sin vacilar.

Richard la miró, primero con sorpresa y luego con una mezcla de orgullo y aprehensión. Sabía que Eleanor había demostrado ser fuerte y valiente, pero esta era una batalla distinta. El *Loyalty* no era un barco cualquiera y Radcliffe no era un enemigo fácil. Sin embargo, la determinación en los ojos de Eleanor y lo cabezota que había demostrado ser no dejaba espacio para las dudas ni para las discusiones.

—Muy bien, pero mantente cerca de mí —accedió finalmente—. No quiero que te arriesgues innecesariamente.

Con una rápida inclinación de cabeza, Eleanor asintió y juntos se dirigieron hacia el arsenal. Richard le entregó una pistola pequeña y ligera, adecuada para su tamaño, y luego una daga afilada, mirándola con una mezcla de advertencia y aprobación.

—Recuerda lo que te enseñé —le dijo, mientras ella tomaba el arma con manos firmes—. Y no dudes.

El viento comenzó a aumentar y la tensión en el barco creció a medida que el *Loyalty* se acercaba. Pronto ambos barcos estuvieron a tiro de cañón y la primera explosión resonó en el aire, sacudiendo el barco de Richard y desatando el caos.

Los cañones del *Loyalty* tronaron en rápida sucesión y la tripulación de Richard respondió con fiereza. Eleanor se colocó junto a Richard en la cubierta. Los cañonazos sacudían el barco y el humo comenzaba a cubrir la escena, sumiendo a la tripulación en una danza de ruido y movimiento.

Eleanor observaba a su alrededor, tratando de no perder de vista a Richard, quien lideraba la defensa con una calma que incluso le sorprendió. Su figura era un faro en medio de la confusión, ordenando y guiando a sus hombres, pero también arriesgando su propia vida en cada momento.

Radcliffe había comenzado a lanzar cuerdas y ganchos desde el *Loyalty* para abordar el barco de Richard y algunos de los hombres de la armada inglesa comenzaron a subir a la cubierta. Eleanor vio a uno de ellos acercarse con una espada levantada y, sin pensarlo dos veces, disparó su pistola. El hombre cayó al suelo fulminado al instante.

Richard giró hacia ella al oír el disparo y una chispa de orgullo brilló en sus ojos al verla defendiendo el barco a su lado.

—Sabía que eras valiente, pero esto... —murmuró, casi con admiración—. No tienes igual, Eleanor.

A su lado, Eleanor se sintió fortalecida por su presencia. Aunque sus músculos se tensaban por el esfuerzo y su corazón latía con una mezcla de miedo y emoción, no estaba dispuesta a retroceder. Había llegado hasta allí y estaba dispuesta a luchar por lo que ambos habían construido.

En un momento crítico, Richard fue emboscado por un grupo de soldados y Eleanor vio cómo su amado quedaba rodeado. Sin dudarlo, se lanzó a ayudarlo, blandiendo la daga con precisión. A pesar de su posición, Richard había logrado mantener a raya a los soldados, pero su respiración era más pesada y su ropa estaba salpicada de sangre.

Radcliffe apareció en medio de la batalla, abriéndose paso hasta Richard. Con un aire de soberbia y una sonrisa gélida, el capitán inglés se acercó con el propósito de ajustar viejas cuentas pendientes. Eleanor notó cómo Richard se preparaba para enfrentarse a él, aunque el agotamiento ya comenzaba a notarse en su semblante.

Radcliffe lanzó un ataque rápido y Richard apenas tuvo tiempo de esquivarlo. La pelea entre ambos era feroz, llena de resentimientos y de viejas heridas. Cada golpe resonaba como un eco de la rivalidad y la enemistad que los había unido. Eleanor, observando la intensidad de la pelea, sintió un nudo en el estómago al ver cómo Richard se esforzaba intentando superar a un oponente que parecía tan implacable como el destino mismo.

Cuando Radcliffe intentó acorralar a Richard contra la borda, Eleanor reaccionó. Aprovechando un momento de distracción del capitán inglés, se lanzó hacia él y le dio una patada en el costado, desviándolo de Richard. Radcliffe, aturdido y sorprendido por el golpe, lanzó una mirada asesina a Eleanor.

—¿Así que ahora el famoso Richard Blackwood necesita la ayuda de una dama? —se burló Radcliffe, limpiándose la comisura de los labios donde Eleanor había logrado herirlo.

—No subestimes a una mujer en la batalla, Radcliffe —replicó Eleanor con frialdad, mirándolo con fiereza.

El comentario pareció enfurecerlo y Radcliffe volvió a atacar. El *Fénix Negro*, aprovechando el descuido del capitán inglés, le dio un golpe certero en el rostro, derribándolo. La tripulación de Richard, viendo la caída de Radcliffe, redobló sus esfuerzos y los soldados ingleses, al ver a su líder incapacitado, comenzaron a retroceder.

La batalla fue larga y agotadora, pero poco a poco la ventaja se inclinó hacia el lado de Richard. Los soldados restantes se rindieron o huyeron y el *Loyalty* empezó a retirarse después de que su tripulación entrara en pánico tras la derrota de su capitán.

Cuando la calma regresó al barco, Eleanor y Richard se quedaron en medio de la cubierta, respirando entrecortadamente y cubiertos de polvo, sudor y sangre. Sus miradas se encontraron y ambos comprendieron que ya no había vuelto atrás. Eleanor había matado a un hombre y se había puesto de parte de un proscrito. Quienes habían podido huir de nuevo hacia el *Loyalty* así lo testificarían ante las autoridades. A ojos de la Corona, lady Eleanor Ashford se había convertido en una traidora.

—Eleanor... —murmuró Richard, acercándose a ella—. Has luchado conmigo hasta el final, sin dudarlo y sin mostrar ningún temor. No puedo imaginar una compañera más valiente, pero has arruinado por completo tu vida. Ya no podrás volver a Inglaterra.

Eleanor sonrió, temblando aún por la adrenalina y la intensidad de la batalla.

—Nunca tuve intención de dejarte solo, Richard. Si he de enfrentar peligros, que sea contigo. Sabía que no sería fácil... pero lo haría de nuevo sin pensarlo.

Richard la miró en silencio y en ese instante ambos comprendieron que estaban dispuestos a sacrificarlo todo el uno por el otro. La vulnerabilidad en sus miradas era un recordatorio de lo que habían arriesgado y ganado juntos. Allí, en una cubierta que se encontraba llena de escombros y en la que era imposible respirar sin tragar pólvora, Eleanor y Richard se dieron cuenta de que sus destinos habían quedado enlazados para siempre.

Se acercaron y, sin importar el agotamiento, sellaron su amor con un beso que fue mucho más que una declaración de intenciones.

Una nueva vida

La luz del amanecer bañaba la isla en tonos dorados, iluminando la frondosa vegetación y las arenas blancas que bordeaban el mar. Las olas rompían suavemente contra la orilla, como si incluso el océano estuviera en paz. Richard y Eleanor, de pie sobre la arena, miraban el horizonte en silencio, envueltos en una quietud que no habían conocido hasta aquel momento.

Había pasado apenas una semana desde la última batalla, aquella en la que derrotaron al *Loyalty* y pusieron fin a los persistentes lazos que los ataban a su antiguo mundo. Eleanor aún sentía un escalofrío cuando recordaba el momento en que Radcliffe había caído y Richard, exhausto pero victorioso, la había abrazado con una mezcla de alivio y devoción. Desde entonces, todo cambió: el peso de la vida de pirata se desvaneció de los hombros de Richard y ambos comenzaron a vislumbrar un futuro diferente, alejado de las persecuciones, de la violencia y de las sombras de sus respectivos pasados.

Richard tomó la mano de Eleanor y ella le devolvió una sonrisa cálida, tierna, como el sol que comenzaba a elevarse en el cielo. Era un amanecer simbólico, una promesa de lo que ambos se habían propuesto construir juntos.

—¿Estás segura de que esta es la vida que quieres? —preguntó Richard—. ¡Respóndeme bien y no con ninguna tontería de las tuyas!

Eleanor se echó a reír.

—Te conozco ya demasiado bien —remató el pirata.

—Es la única vida que quiero —respondió ella con total seguridad.

Eleanor había tenido la oportunidad de regresar a Inglaterra y de vivir como una dama respetable en la sociedad londinense. Sin embargo, en ese momento, nada de aquello la atraía. Su mundo ahora era Richard y el hombre que se había despojado de su pasado para empezar un presente y un futuro junto a ella.

Decidieron asentarse en una pequeña casa de madera que Richard y algunos de sus hombres habían construido en el corazón de la isla. Rodeada de árboles y con vistas al océano, la cabaña era sencilla pero acogedora. Cada rincón había sido construido y decorado por sus propias manos, desde los muebles de madera pulida hasta las cortinas que Eleanor había cosido con telas de los barcos. La isla, virgen y exuberante, parecía ofrecerles una paz que solo habían conocido fugazmente en momentos robados en el barco.

Mientras Richard inspeccionaba la estructura, asegurándose de que todo estuviera en orden, Eleanor entró en la casa y comenzó a reorganizar algunas de sus pertenencias. Se detuvo un instante al ver un pequeño cofre que Richard, según él mismo le había contado, había guardado con recelo durante años. Al abrirlo, encontró recuerdos de su vida pasada: un mapa de rutas que había seguido para escapar de la armada, una antigua carta de su madre y un medallón de plata con una inscripción en latín. Eleanor recorrió con los dedos el contorno del medallón, comprendiendo cuán significativos eran esos objetos para él y lo que había dejado atrás.

Al sentir su presencia, Richard se acercó y la observó en silencio, sabiendo lo que ella sentía en ese momento.

—Todo eso —dijo, con voz baja— son solo recuerdos. No soy el hombre que era antes de conocerte, Eleanor. Estos objetos pertenecen a alguien que ya no existe.

Eleanor lo miró a los ojos y vio la sinceridad en su mirada, la profunda verdad de lo que acababa de decir. Ella cerró el cofre con cuidado y lo tomó de las manos, con una sonrisa que hablaba de un amor que había nacido en las condiciones más difíciles y que, sin embargo, había prosperado como una planta tenaz en medio de la roca.

—Eres quien eliges ser ahora, Richard —susurró Eleanor—. Y esa es la persona a quien amo.

El viento soplaba suavemente a través de la ventana abierta y el sonido de las olas se mezclaba con el canto de las aves en la selva cercana. Aquella isla era un paraíso escondido, un refugio donde finalmente podían vivir sin miedo y construir un hogar sin preocuparse por enemigos ni por el juicio de los demás. Eleanor sentía que cada día allí era un regalo, un capítulo nuevo en una historia que ella y Richard estaban escribiendo juntos.

La noche llegó y, bajo la luz de la luna, Eleanor y Richard compartieron una cena sencilla. Conversaron de cosas triviales, rieron por historias pasadas y, cuando el cansancio del día comenzó a hacerse sentir, Richard tomó a Eleanor en sus brazos y la guio al dormitorio con una ternura que incluso a él mismo le sorprendió.

—Prométeme algo, Richard —dijo Eleanor en voz baja mientras se recostaban juntos.

—Lo que desees —respondió él, mirándola con una mezcla de amor y devoción.

—Prométeme que nunca olvidarás este momento —pidió Eleanor—. Que no importa lo que pase, siempre recordarás que este fue el comienzo de nuestra nueva vida.

Richard la miró profundamente y asintió.

—Lo prometo, Eleanor. No hay nada en este mundo que pudiera hacerme olvidar esto.

Ella se quedó seria.

—¿Qué pasa? —preguntó él al no encontrar en ella la reacción que esperaba.

—Que tu promesa no me vale si tu polla no me convence de ello.

—¡Serás idiota!

Eleanor se echó a reír al ver cómo aquel pirata al que había rescatado de los mares y que se moría por ella estaba más que dispuesto y preparado para hacerle empezar el día con alegría.

Don't miss out!

Visit the website below and you can sign up to receive emails whenever Vlado Timorov publishes a new book. There's no charge and no obligation.

https://books2read.com/r/B-A-GHBOB-EGFHF

BOOKS 2 READ

Connecting independent readers to independent writers.

Also by Vlado Timorov